經典
少年遊

016

# 鏡花緣
# 海外遊歷

## Flowers in the Mirror
### Overseas Adventures

繪本

故事◎趙予彤
繪圖◎林虹亨

唐敖背著輕便的行囊到處遊山玩水，一路上，踏過蕭蕭的秋風，也踩過白花花的雪片，眼看春天已經來了，但是他心頭的煩惱還是沒有消除。「每天讀到深夜，考了好幾年，剛得到功名，又被人陷害。唉！」

再走二、三十里，就到家了，可是唐敖沒有勇氣面對家人。「小心點！快把貨物搬上船。」不遠處傳來陣陣吆喝聲。「大哥！怎麼這麼匆忙？」唐敖一邊問一邊張望。「妹夫？我要到國外做生意，正要出發！」

唐敖抓緊機會，要求一起出海，林之洋看他憂愁的模樣，也就爽快的答應了。船在大海中行駛了好幾日，有一天，迎面出現一座大山。

「這座山看來特別高峻！」「這是東口山，是東海外的第一高峰。」

山上有許多奇花異草，和珍貴的飛鳥野獸，見多識廣的多九公，有問必答，讓唐敖佩服得五體投地。唐敖沿路吃下許多珍奇的植物，味道清香可口，吃完精神百倍，那些糾纏他的煩惱也瞬間消失了。

9

下山後，他們登船繼續航行。大海閃爍著燦爛的陽光，船隻張起大帆，海風吹起時，走得更快了。「我聽說大人國的居民腳下有雲，行動自如，是真的嗎？」「前方的陸地就是大人國，上岸去看看吧！」

走了大半天，才看到田野和房舍，明明很近的距離，山路卻曲曲折折，怎麼也走不出去。這時，前方正好來了一位老先生。「請問，您腳下的雲，是生下來就有的嗎？」「這個雲是從腳底下自己生出來的。」

「雲有各種顏色， 五彩雲最尊貴，黃雲第二， 黑色最卑賤。 」「原來是這樣啊！ 」 老先生指出正確方向， 讓他們順利下山。 來到熱鬧的大街， 只見人人腳下踩著各式各樣的雲， 飄過來飄過去， 繽紛燦爛。

「老先生說五彩的雲最尊貴，那個乞丐的雲怎麼會是五彩的呢？」多九公說：「雲的顏色是依照內心而變化，光明正大的人，會生出彩雲；陰險狡詐的人，會生出黑雲。除非內心改變，否則顏色改不了。」

16

忽然，街道上的行人向兩旁閃開，讓出道路。一位官員來了，前呼後擁的好威風啊！「為什麼他的腳下圍著絲綢呢？」

「他一定做了虧心事，怕灰黑的雲洩漏了秘密。不過，用布遮遮掩掩，反而更明顯！」

「可惜， 別處的人都生不出雲來， 如果人人腳下都有雲， 就沒人敢做壞事了！」多九公笑著解釋， 這裡的居民總是搶著做善事， 所以才叫「大人國」。 眼看天色暗了， 三人趕緊回到船上。

接著，他們來到勞民國。路上行人匆匆忙忙，每個人的姿勢都很怪異。有的人走在街上，身體不停的轉圓圈，或像鐘擺一樣，扭動著腰左右擺盪，不管站著還是坐著，身體沒有一刻停下來。

林之洋搖著頭說：「身體這樣亂動，我的骨頭一定會散掉。」「雖然身體這麼忙碌，但沒什麼煩心的事情，反而長壽，而且他們每天吃很多水果，也挺健康的！」多九公看得頭昏眼花，急著走回船上去。

25

船在海上走了好幾個月，這一天，來到女兒國。林之洋帶了胭脂和首飾上岸做生意，多九公邀唐敖一起進城遊玩。多九公指著門內的一位老婦人說：「唐兄，你看！」唐敖一看，噗哧笑了一聲。

女兒國陰陽顛倒，唐敖看得嘖嘖稱奇，
逛了一圈，他們就返回船上。
到了半夜，卻不見林之洋回
來，他們擔心的四處尋
找。一連好幾天，大家
分頭尋人，還是沒有打
聽到任何消息。

多九公滿頭大汗的跑進船艙，喘著氣說：
「我找到了。」原來，國王愛上林之洋俊
俏的臉蛋，要娶他當王妃。這幾天一直被
關在皇宮裡，不僅換上華麗的衣裙，臉上
還撲了香粉，打扮得就像一名絕代佳人。

唐敖絞盡腦汁，終於想到好方法救林之洋。他
想起在東口山上吃的「躡空草」，一躍就能跳
到高牆上，躲避侍衛。他在深夜偷偷溜進宮中。

「我們快走吧！」唐敖背起林之洋，用力一躍，跳上高牆，一連翻過幾道牆，終於逃到宮外。幽暗的路上什麼也看不清，幸好月光幫忙，才能順利回到船上。

林之洋從女兒國逃出來後，身體變得很虛弱，遊玩的興致也減少許多。「那邊有烏雲飄過來，可能有暴風雨！」多九公話才說完，立刻狂風大作、波浪滔滔，船被風吹著跑，比千里馬還要快。

暴風雨一連刮了三天三夜，終於緩和下來。不遠處出現一座島嶼，石碑上刻著「小蓬萊」。山林中到處可見仙鶴、麋鹿，就像人間仙境。唐敖忽然升起一個念頭：這場大風把我送來，這裡才是我真正的家。

39

第二天清晨，唐敖獨自上山，再也沒有回來。大家上山找了半個多月，都沒見到他的蹤影，只好放棄。船啟程回航時，林之洋淚眼盈眶的說：「下次出海，一定會再來。」

船越走越遠，小蓬萊也漸漸隱入海和天之間。

# 鏡花緣
# 海外遊歷

讀本

原典解說◎趙予彤

李汝珍為人豪邁熱誠又博學多識，一生受到很多親友師長的幫助與影響，所以創作出《鏡花緣》這部奇幻的小說。

TOP PHOTO

李汝珍（約 1763～1830 年），字松石，號松石道人，清朝著名文學家、聲韻學家。他自幼聰穎過人，學問淵博，但痛恨作八股文，因此科舉功名之路並不順遂。代表作《鏡花緣》是一本展現才學且有意諷刺的奇幻小說。李汝珍個人資料記載不多，思想深受戴震六經考據之學影響，有聲韻學專著《李氏音鑑》。上圖為戴震像。

李汝珍

相關的人物

李時翱
李時翔

兩人都是李汝珍的姪子，在眾親戚中與李汝珍有比較多的互動，他們曾經幫忙李汝珍重修校訂過《李氏音鑑》。

李汝璜，字佛雲，李汝珍的哥哥。曾任海州板浦鹽課司大使，李汝珍也跟著哥哥一起遷居板浦。李汝璜曾聘請著名學者凌廷堪開館授課，李汝珍也跟著一起學習。李汝珍的一生受哥哥影響至深。李汝珍還有一位弟弟名叫李汝琮，字宗玉，但兩人相關的資料記載卻很少。

元遺山先生像

TOP PHOTO

**李汝璜**

凌廷堪，字次仲，號仲子先生，清朝經學家、音律學家。三十三歲中進士卻不願為官，改任寧國府學教授。曾參加《四庫全書》的修纂，著有《元遺山先生年譜》。他深通樂理，旁通聲韻學，精於戴震經學思想，主張「以禮代理」。李汝珍從他學習聲韻，曾說過自己受益極多。上圖為金朝文學家元好問（遺山）像。

**凌廷堪**

許喬林，字石華。許家是江蘇板浦的名門望族，他與弟弟許桂林都是出名的才子，人稱「板浦二許」。他在擔任平陰知縣期間，為官清廉，又有「許青天」之稱。他跟李汝珍是同窗同學，都拜過凌廷堪為師，也曾經幫《鏡花緣》寫序。

**許喬林**

**許桂林**

許桂林，字月南，許喬林的弟弟。十二歲參加童子試就考取了秀才，被學官稱為奇才。嘉慶年間中過舉人，對經學、古音、數學都有了解，著有《許氏說音》等書。李汝珍第一任妻子早死，到海州後，續娶了許桂林的堂姊為繼室。他也曾經幫《李氏音鑑》寫序。

45

李汝珍生活在清朝嚴厲閉關的時代，封閉的政策卻擋不了他奔放的想像力，於是有了《鏡花緣》這部奇書。

出生

相關的時間

TOP PHOTO

**1763 年**

李汝珍出生於乾隆年間。雖然此時清朝採嚴厲閉關政策，中外交流阻絕，不過朝廷對於海外情況仍十分好奇且時時留意。乾隆時期記述異國異族的史籍《皇清職貢圖》，展現了當時中國人對外國的認識。這種時代風氣讓李汝珍從小就對海外世界保持好奇心。上圖為〈英吉利國人〉，出自《皇清職貢圖》。

**移居海州**

**1782 年**

這一年李汝珍還不到二十歲，哥哥李汝璜要去江蘇海州當官，他也跟著去了。次年，李汝璜當了板浦鹽課司大使，這一當就是十七年。鹽課司是管理鹽的政府單位，在當時鹽的交易權利都還是由官府掌控。右圖為乾隆十九年江浙鹽運使司頒發給鹽商的運銷執照。

TOP PHOTO

**拜師求學**

**1788 年**

李汝珍拜著名的經學大師凌廷堪為師。他跟老師學習聲韻，也對地理感興趣，這些都在日後《鏡花緣》的寫作中看得出來。這時他也認識了同學許喬林，兩人因而成為好友。

**任官河南**

**1801 年**

李汝珍在這一年到河南當縣丞，當時黃河氾濫，幾十萬民夫在那兒從事疏濬和修堤的工作。這段經驗日後被李汝珍寫進《鏡花緣》女兒國治水這一段情節。

**音鑑出版**

**1805 年**

李汝珍於這一年在海州完成了《李氏音鑑》。五年後，《李氏音鑑》定稿刊行。李汝珍大概就是在這之後於海州開始了《鏡花緣》的創作。

**鏡花緣出版**

**1818 ～ 1821 年**

《鏡花緣》最初以手抄本流傳，1818 年在蘇州刊行初刻本，成為當時暢銷小說，還出現未經李汝珍同意的盜版私刻本。後來李汝珍自己又修訂過後，於 1821 年再版，因大受讀者歡迎而不斷有新刻本出現。

**終老海州**

**約 1828 ～ 1831 年**

李汝珍晚年窮困不得志，只能以寫作自遣。由於妻子是海州人，他可能一直住在海州，直到終老。

# 《鏡花緣》對海外異域有很多活潑的想像，許多來自中國傳統的神話傳說或風俗，充分展現了李汝珍的博學。

《鏡花緣》是清朝乾隆年間出版的長篇白話章回小說，共一百回。故事講述武則天時代百花下凡，主角前往海外遊歷，遇見眾才女的故事。全書最有趣的部分，就是對海外國度充滿想像力的精采描寫，最為人熟知的有小人國、君子國、女兒國等等，其中隱含李汝珍對當時社會的諷刺或希望改變現實的理想。

鏡花緣

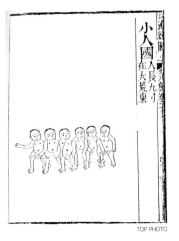

山海經

相關的事物

TOP PHOTO

《山海經》大致寫作於戰國時代，記載了古代神話、地理、動植物、異國民族等傳說，是中國古代最重要的神話故事書之一。《鏡花緣》裡面的海外各國風情，許多改編自《山海經》的傳說，例如〈大荒東經〉中記載的小人國（上圖），小人又稱靖人，身長九寸。

纏足

音韻之學

中國古代盛行的風俗，認為小腳才是美，所以女性從小時候起便以布緊纏雙腳，使腳骨變形、腳型尖小。纏腳過程極為痛苦，李汝珍在女兒國中描寫男子被逼纏足的場景，藉此諷刺那些逼迫女性的男人。

音韻之學就是聲韻學，其中有所謂「反切」，就是用兩個字組合而成某個字的讀音，作用相當於現代的注音符號或音標。李汝珍一生最用心的除了寫小說之外，就是鑽研音韻之學，《鏡花緣》中對此也有相當多的討論。

《格列佛遊記》是十八世紀英國作家斯威夫特（Jonathan Swift）的著名小說。故事描寫格列佛的海外遊歷，作者藉由海外奇談來諷刺社會上各種亂象，與《鏡花緣》的創作理念類似。有趣的是，其中某些場景也有異曲同工之妙，例如小人國。右圖為《格列佛遊記》插圖，描繪格列佛為小人國俘獲敵艦。

TOP PHOTO

**格列佛遊記**

**酒令**

酒令是古人在宴會時助興的一種康樂活動。通常推舉一人為令官（主持人），設定遊戲規則，其他人便按此規則輪流吟詩作對，講錯的人要喝酒作為懲罰。李汝珍在《鏡花緣》中，用了很多篇幅描述百花才女們在宴會中行酒令的細節。

**蟠桃會**

相傳三月三日為西王母誕辰，當天西王母會在瑤池舉辦宴會，邀眾神仙參與，並請賓客吃能延年益壽的蟠桃。在《鏡花緣》中，百花仙子與嫦娥在蟠桃會上打賭，說絕不使百花在錯的季節綻放，最後卻輸了賭約，因此與百花一起被貶下凡。

# 李汝珍生平遊歷過的許多地方，都成為《鏡花緣》的背景，他雖一生未到過海外，卻能想像出許多有趣的海外風光。

直隸大興是李汝珍的出生地，位於現在的北京市大興區。此地歷史悠久，早在兩千多年前的先秦時代就開始建立了。盛產各種花果，以西瓜最為出名。

海州板浦是現在的江蘇省連雲港市海州區板浦鎮。李汝珍隨哥哥在此任官而遷居此地，是他的第二故鄉，也是《鏡花緣》的誕生地。板浦名人輩出，也是李汝珍的老師經學大師凌廷堪，以及同儕板浦二許的故鄉。此處盛產鹽，是著名的鹽都。

「嶺南」是指中國南方五嶺以南的地區，約等於現在的廣東、廣西、海南島等地區。由於離政治中心中原與江南較遠，氣候又潮濕炎熱，被古人視為「瘴癘之地」，不適人居。雖然沒有記載顯示李汝珍是否曾來過這裡，但《鏡花緣》主角唐敖、唐小山的故鄉就在嶺南。

河南是中華文明的發源地，歷史悠久，位於黃河以南故稱河南，自古有「中原」、「華夏」、「中華」之稱。李汝珍曾於清朝嘉慶六年來這裡擔任過縣丞小官。

相關的地方

直隸大興

海州板浦

嶺南

河南

西川

西川又名益州，是現在的四川成都。成都自古被譽為「天府之國」，擁有深厚的歷史文化，經濟繁榮，是三國時代蜀國首都。李汝珍曾短暫地來這裡待過一陣子。

黃河長五千多公里，是中國第二長河，僅次於長江。黃河為中華文明的起源，但也常常因為泥沙淤積，潰堤氾濫，造成大規模的人民傷亡。李汝珍來河南當縣丞時，就曾經參與黃河治水的活動。右圖為從河南鄭州嶽山上，遠眺的黃河夕照美景。

**黃河**

**小蓬萊**

《鏡花緣》中唐敖最後在小蓬萊成仙。「蓬萊」是中國文化中著名的東海仙山，據說李汝珍筆下的小蓬萊，就是以他長居之海州的雲臺山為背景。雲臺山古稱鬱州山、蒼梧山，本為海中島嶼，十八世紀才與大陸相連。蘇軾有詩：「鬱鬱蒼梧海上山，蓬萊方丈有無間」，說的就是雲臺山。上圖為江蘇連雲港雲臺山的霧淞美景。

# 鏡花緣

　　《鏡花緣》共有一百回，講述唐敖在海外遊歷的種種奇妙境遇，以及唐敖失蹤後，唐小山尋找父親的艱難旅程。故事中出現許多氣質非凡的女子，她們原是百花的化身，這些花仙子為何會落入凡間受盡磨難呢？原來是百花仙子和嫦娥意見不合，發下了重誓。故事拉開序幕，那兒不是人間，是祥雲繚繞的仙界。

　　傳說中，神仙居住在高聳的山上，四季飄散著花香。這一天，是王母娘娘的生日。掌管天下花卉的百花仙子，捧著「百花釀」來祝賀。宴席中，嫦娥忽然提議讓百花齊放，百花仙子急著說：「不行！花朵綻放必須按照季節，我怕玉皇大帝會責罰。」嫦娥冷笑著說：「只是舉手之勞，何必那麼掃興呢？」百花仙子也不甘示弱：「即使人間的皇帝下令，我也不會服從，憑什麼要聽妳的？」兩人當眾吵了起來，百花仙子還因此發了誓：「如果有一天我糊塗的讓百花齊放，就情願到凡間受苦，絕不後悔！」從此，她們再也不交談了。

　　年復一年，不知過了多久。有一年冬天，閒來無事的百花仙子，外出拜訪麻姑。屋外天色陰沉，雪花漫天飛舞，兩人下了幾盤棋，整夜聊天，卻怎麼也沒想到大難即將臨頭。

明朝遊上苑，火速報春知。花須連夜發，莫待曉風催。 —《鏡花緣·第四回》

　　此時人間的皇帝是武則天，她一邊飲酒一邊賞雪，喝得正高興，忽然聞到陣陣撲鼻的香味，是蠟梅開了！她醉眼矇矓，提筆寫下：「我明天就要看到百花齊放，這是我的命令，不得違背！」寫完之後，蓋上皇帝大印，倒頭就睡。

　　花園裡的水仙和蠟梅仙子，一看到命令趕緊通報，可是到處都找不到百花仙子，大家只好聚在一起商量。百花們實在太怕得罪皇帝，只好服從命令，在天亮之前紛紛盛開。

　　在嚴寒的冬季讓百花盛開，玉皇大帝是不能原諒的。一百個花仙子都要受罰，陸續降落凡間，百花仙子也投胎為唐小山，受盡驚濤駭浪的凶險之後，才能重返仙界。

53

松菊荒涼秋月淡，蓬萊縹渺客星孤。此身雖恨非男子，縮地能尋計可圖。——《鏡花緣·第四十回》

　　唐小山是仙女下凡，不僅相貌美麗典雅，才智也非同凡響，才四、五歲就喜歡讀書，讀過的書也絕對不會遺忘。她擅長寫文章，武功也很厲害。

　　唐敖隨著商船在海外漂流，一直沒有回家，唐小山把對父親的思念寫成一首詩，她感慨自己不是男子漢，但是她多麼渴望能夠外出尋找遲遲不歸的父親啊！日夜盼望，終於等到舅舅林之洋回來，卻沒有看見父親的身影。家人以為唐敖發生不幸，大哭起來。林之洋只好實話實說：「他在山中修行，還活得好好的。」再把事情經過仔細講了一遍，小山和母親聽了，淚水更是停不下來。

　　小山掛念父親，堅持要跟舅舅林之洋一起出國尋找。到了海外，看見名山大川，也開心不起來。她擔心父親的安危，滿臉寫著憂傷。

有一天，船停在水仙村，海中突然跳出許多青面獠牙的水怪，跑進船艙裡把小山拉出來，拖到海裡去。又有一次，來到一座大嶺，水果的香味撲鼻而來，所有人吃了水果，全身癱軟，像是喝醉了一樣，一群妖怪把他們扶到石洞裡，這群人差一點又要遭殃。幸好這兩次的災難都有神仙來幫忙，一行人才能平安度過。

　　小山千辛萬苦來到小蓬萊，她見了山中清幽的景致，才了解父親為什麼不肯離開。在山林尋找父親的時候，她偶然看見一座白玉碑，碑上清楚寫著一百個人的名字，神奇的是，身旁的同伴若花卻一個字也看不懂，小山知道天機不可洩漏，並沒有把秘密說出來。她決定把牆上的字抄下來，因為沒有帶筆墨，只好用竹籤寫在葉子上，抄完後再把這個名單仔細收藏好。

　　這個時代是由武則天掌政，女子的才學受重視，小山後來進京趕考，順利考上了才女，天榜上的一百個人名，正是這次選拔的一百個才女，她們都是降落凡間的花仙子。應試過後，小山再度回到小蓬萊，獨自上山，從此不見蹤影。

# 唐敖

　　唐敖就像成千上萬的讀書人一樣，人生唯一的目標就是求取功名。　有一天，發生了不尋常的事，他的房間充滿了奇異的香味，香味不斷的變換，大約有一百種不同的芳香。他懷孕的妻子正在熟睡，夢中她爬上了一座五彩的峭壁，醒來之後，女兒也出生了，取名為唐小山。小山漸漸長大，唐敖看她聰明伶俐，內心覺得很安慰。

　　每次考試，唐敖一定會參加。但他平日喜歡遊玩，幾年來總是落榜，沒想到這次竟然考了好成績，得到第三名。可是還來不及慶祝，就立刻被人陷害，說他以前交了幾個壞朋友，可能會造反，千萬不能讓他當官，他的資格就這樣被取消，多年來的努力化為泡沫。

　　唐敖心情煩悶，只能到處遊歷，讓心情平復。他走在一條河岸旁，遠遠看見前方有一座古廟，上頭寫著「夢神觀」三個大字。他不由自主的嘆了一口氣：「我活到五十歲，想想過去經歷的事，都像是一場夢。對於功名這條路，我已經絕望，未來會如何呢？希望

處士有志未遂，甚為可惜。然塞翁失馬，安之非福？
此後如棄浮幻，另結良緣，四海之大，豈無際遇？
——《鏡花緣·第七回》

神明能給我一點提示！」他走進廟裡，拜了神像，然後靜靜的坐在
地上。

　　唐敖的神智漸漸模糊，此時有個孩子走進來，請他到廟的後面，
有位老先生正在等著他。他們談了幾句話，唐敖忍不住抱怨：「我
本來一心一意求取功名，想當一個好官，現在什麼都做不成了。」
老先生安慰他：「願望不能達成，實在很可惜，不過，也許會出現
別的機會，你要好好把握。我聽說天上的花仙子受到責罰降到人間，
其中有十二種名花流落在海外，你應該把她們找回來，保護她們。
還要多多行善，到了小蓬萊，你就可以成仙了。」

　　老先生話剛說完，轉身就不見，唐敖眨眨眼睛驚醒過來，原來
只是一場夢。他抬頭一看，眼前神像的面貌和夢中的老先生長得一
模一樣，他反覆想著兩人的對話，也許在海外有奇妙的緣分，於是
他下定決心到海外去旅遊。

逐浪隨波幾度秋，此身幸未付東流。今朝才到源頭處，豈有操舟復出遊？ —《鏡花緣·第四十回》

　　唐敖一直把尋找花仙子的任務放在心上，只是他並不知道，這些名花降落凡間，全都變成才華洋溢的美少女，流落在海外不同的國度，等待他的出現。他只是一個平凡書生，現在卻扛起了解救百花的重責大任，首先他必須脫胎換骨。

　　他旅途的第一站，是東海外的第一高峰──東口山。三人在蓊鬱的樹林裡說笑，忽然看見遠方有一個小人，騎著小馬走著，多九公立刻拔腿向前跑，唐敖也跟著追趕。小人兒逃命似的飛奔，山路崎嶇石子又多，多九公跌了一跤扭傷了腳，唐敖繼續追了好長一段路，終於一把抓住，吞進肚子裡，原來這是靈芝草，吃了可以長命百歲，還能成為神仙。唐敖雖然第一次出國，可是從書中得到不少知識，再遇到特殊的機緣，才能吃到許多神奇的植物，靈芝、躡空草和朱草都是仙家的物品，普通人想吃也吃不到。

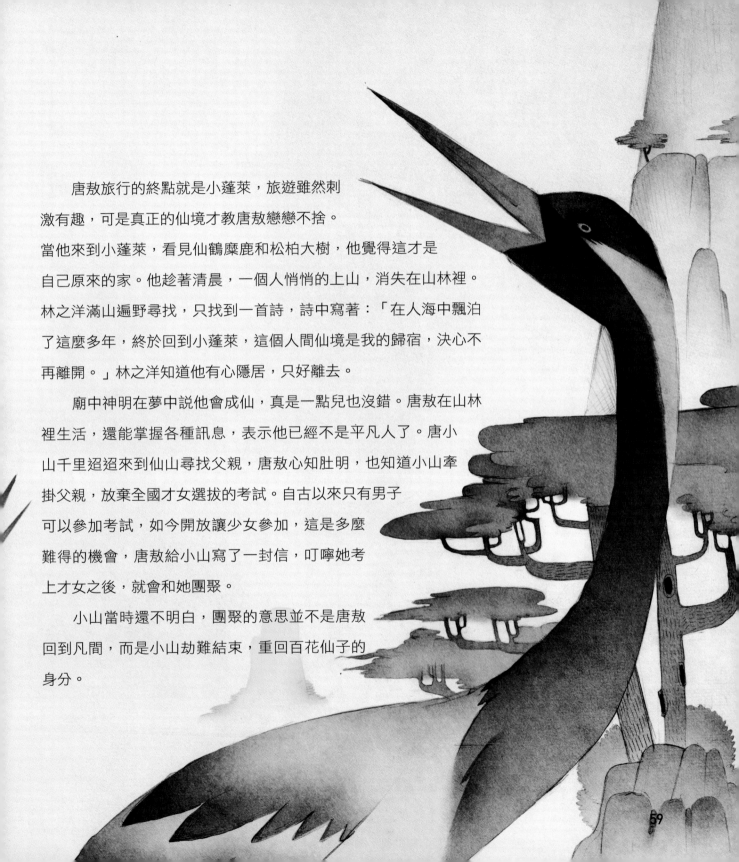

　　唐敖旅行的終點就是小蓬萊，旅遊雖然刺激有趣，可是真正的仙境才教唐敖戀戀不捨。當他來到小蓬萊，看見仙鶴麋鹿和松柏大樹，他覺得這才是自己原來的家。他趁著清晨，一個人悄悄的上山，消失在山林裡。林之洋滿山遍野尋找，只找到一首詩，詩中寫著：「在人海中飄泊了這麼多年，終於回到小蓬萊，這個人間仙境是我的歸宿，決心不再離開。」林之洋知道他有心隱居，只好離去。

　　廟中神明在夢中說他會成仙，真是一點兒也沒錯。唐敖在山林裡生活，還能掌握各種訊息，表示他已經不是平凡人了。唐小山千里迢迢來到仙山尋找父親，唐敖心知肚明，也知道小山牽掛父親，放棄全國才女選拔的考試。自古以來只有男子可以參加考試，如今開放讓少女參加，這是多麼難得的機會，唐敖給小山寫了一封信，叮嚀她考上才女之後，就會和她團聚。

　　小山當時還不明白，團聚的意思並不是唐敖回到凡間，而是小山劫難結束，重回百花仙子的身分。

# 林之洋

　　林之洋是一個生意人，個性爽朗，喜歡說笑，很重情義。他平時不喜歡讀書，卻對學識淵博的唐敖非常尊重。他了解唐敖喜歡遊玩，只要航行經過有趣的國度，總會讓船停靠，再陪著唐敖上岸玩耍。這次旅行，有兩個國家改變了他的一生，一個是厭火國，一個是女兒國。

　　他們在厭火國遇見一群皮膚黝黑的人，圍著唐敖嘰哩咕嚕，伸長的手好像在乞討。多九公和顏悅色試著溝通，林之洋不耐煩抱怨了幾句，看這些人一直不散開，語氣急躁大聲罵了起來。結果，那些人一生氣，從口中噴出熊熊烈火，把林之洋的鬍鬚燒得精光，三個人嚇得連忙逃跑。過了幾天，他們來到女兒國，這個國家很特別，男生和女生的打扮正好相反。林之洋一來，剛好遇上國王選妃子，需要大量首飾，他對這次的買賣信心滿滿，打算大賺一筆。他被帶到皇宮面見國王，她才三十多歲，面貌白皙、嘴唇透紅，雖然穿男裝，

林之洋身旁既有四個宮娥緊緊靠定，又被兩個宮娥把腳扶住，絲毫不能轉動；及至纏完，只覺腳上如炭火燒的一般，陣陣疼痛。—《鏡花緣·第三十三回》

卻是一個出色的美女。國王和他說了幾句話，又命宮女幫林之洋準備酒飯，就離開了。

才剛吃完飯，一群宮女跑來對他磕頭恭喜，還喊他「娘娘」。林之洋覺得莫名其妙，還沒弄清楚，就被人換上新娘服，又抹髮油又戴鳳釵，嘴唇也被染得通紅。四十歲的林之洋沒了鬍鬚，露出細白的皮膚，看起來就像二十歲，這張俊俏的臉蛋讓國王愛上了他，要封他當王妃。

最悲慘的是，林之洋被迫穿耳洞，還要裹小腳，幾個中年宮女身強體壯、滿臉鬍鬚，動作粗魯，完全不管他有多痛，只想完成任務。林之洋覺得雙腳好像有火在燒，每天哭哭啼啼。幸好後來唐敖想辦法營救，才能重獲自由。經過這次的折磨，他的身體受了傷害，走起路來變得緩慢，性格也不像以前那樣開朗了。

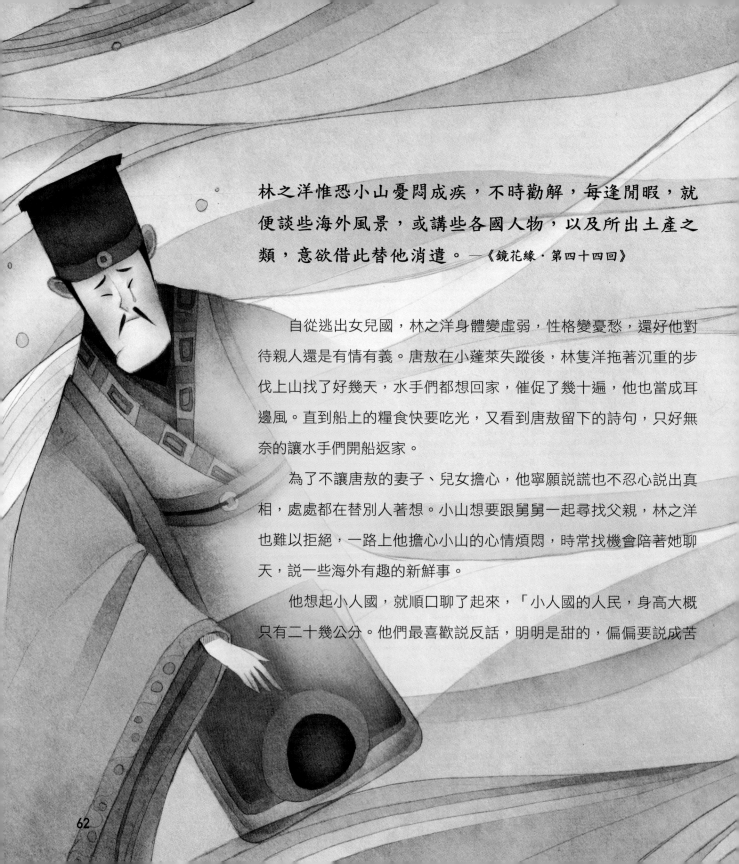

林之洋惟恐小山憂悶成疾，不時勸解，每逢閒暇，就便談些海外風景，或講些各國人物，以及所出土產之類，意欲借此替他消遣。——《鏡花緣·第四十四回》

自從逃出女兒國，林之洋身體變虛弱，性格變憂愁，還好他對待親人還是有情有義。唐敖在小蓬萊失蹤後，林隻洋拖著沉重的步伐上山找了好幾天，水手們都想回家，催促了幾十遍，他也當成耳邊風。直到船上的糧食快要吃光，又看到唐敖留下的詩句，只好無奈的讓水手們開船返家。

為了不讓唐敖的妻子、兒女擔心，他寧願說謊也不忍心說出真相，處處都在替別人著想。小山想要跟舅舅一起尋找父親，林之洋也難以拒絕，一路上他擔心小山的心情煩悶，時常找機會陪著她聊天，說一些海外有趣的新鮮事。

他想起小人國，就順口聊了起來，「小人國的人民，身高大概只有二十幾公分。他們最喜歡說反話，明明是甜的，偏偏要說成苦

的，明明是鹹的，又說成是淡的，就是要讓你猜不透。我在小人國賣了很多蠶繭，賺了很多錢。」小山急著追問：「這些蠶繭用來做什麼呢？」林之洋得意的說出謎底：「因為小人本來就不擅長縫衣服、做帽子，這個蠶繭大小剛剛好，剪成兩半，再把邊緣縫一下，剛好就是一頂帽子，所以大家搶著買。」小山以前在書中也看過很多奇妙風俗的介紹，只是半信半疑，現在聽舅舅這麼說，腦海中出現了小人的模樣，好像真的看見了一樣。

唐小山從來沒出過遠門，生活習慣一下子改變，讓她很不適應。海上的風浪起起伏伏，她也整天昏昏沉沉，林之洋總是盡力呵護。他對小山的關懷，還可以從另一件事情看得出來。當唐小山被水怪拉進海裡時，林之洋認為自己沒有把她照顧好，也跟著跳下去，咕嚕咕嚕吞進許多海水，被救起來的時候，只剩下虛弱的氣息。

林之洋對待親人和朋友，是非常重義氣的，可是對待陌生人就少了些同情心，如果當時在厭火國，他能對當地的居民態度再和善一些，命運或許會大不相同呢！

# 多九公

多九公是書中重要的人物，他姓多，在家排行第九，因為年紀大，才稱他多九公。他是林之洋的親戚，年輕的時候苦讀詩書，參加科舉考試沒能金榜題名，後來想通了，拋下書本，出海幫人做生意。平日負責掌舵，做人誠實可靠，雖然穿著打扮不像讀書人，但是他滿腹才學，國外的奇珍異草、野鳥怪獸，沒有不知道的。

多九公對自己充滿了信心，林之洋對他很禮遇，全船的人也都尊敬著他。直到有一次他在黑齒國遇見兩個少女，他才感嘆自己的見識還不夠充足。有一天他們來到黑齒國，那兒的人全身墨黑，連牙齒都是黑的，兩道紅色的眉毛加上紅通通的嘴唇，長相很奇特。

幼年也曾入學，因不得中，棄了書本，作些海船生意。
後來消折本錢，替人管船拿舵為生，儒巾久已不戴。
為人老誠，滿腹才學。──《鏡花緣·第八回》

　　他和唐敖來到一條小巷，有個老人看他們從中原來，很開心的
請他們到屋裡喝茶。兩個少女走向前客氣的行禮，想請教他們書本
上的問題，唐敖推說很久沒看書，可能幫不上忙。多九公心想，小
女孩才讀過幾年書，沒什麼好怕的，就慷慨答應了。沒想到少女們
非常有學問，提出來的問題，多九公一時也答不出來，接連幾個問
題答不出來，少女的態度就越來越不客氣了，多九公急得汗如雨下，
滿臉通紅，正不知該怎麼辦的時候，林之洋剛好經過門口，他們抓
著機會說要趕著上船，就離開了。

　　活到八十幾歲，第一次碰到這麼有學問的女孩，他得到一個教
訓，怪自己當時太小看她們。其實，這兩個少女正是流落凡間的百
花仙子，她們聰慧的資質，凡人哪裡比得上呢！

他這靈芝，並非仙品，唐小姐須要留神，不可為妖人所騙。老夫前在小蓬萊吃了一枝，破腹多日，幾乎喪命。近來身體疲憊，還是這個病根。

—《鏡花緣·第四十四回》

多九公回到家後，本來打算暫時不再出海，可是林之洋一直拜託，只好點頭答應。他這次的任務不僅要控制船的方向，還要陪著唐小山聊天。他說起話來滔滔不絕，生動有趣，幫小山趕走寂寞，也讓她增長不少見識。

那天，船隻停泊在東口山旁，忽然來了一個道姑，手裡拿著靈芝草，瘋瘋癲癲的唱著歌：「我是蓬萊百草仙，和你相識好多年。」小山聽到了，心裡有種奇怪的感覺。道姑看小山臉色蒼白，身體好像不舒服，於是請求讓她搭船，再把靈芝送給小山。

多九公急著說：「妳要小心哪！這個靈芝可能是假的，不能隨便亂吃，我以前在小蓬萊也吃了一根靈芝，結果連續幾天拉肚子，差一點連命都保不住了。」道姑生氣的說：「靈芝是神仙的食物，有緣的人才能吃，將來還能變神仙，如果給貓狗吃，那是一定要生

病的。」多九公一聽，她居然拐著彎罵自己是貓狗，氣得火冒三丈。

小山把道姑請到船艙裡坐，和大家一起聊天。道姑說自己是百花的朋友，一聽到「百花」兩個字，小山覺得好親切熟悉，其實這個道姑是「百草仙子」，在天界的時候和「百花仙子」是很好的朋友。可是現在小山什麼都想不起來，只覺得這個道姑不是普通人，不知不覺跪下來，邊拜邊說：「請收我當徒弟吧！」多九公和林之洋原本躲在門外偷聽，看到小山奇怪的反應，馬上衝了進來，對著道姑破口大罵，還要她立刻下船。道姑只是微微一笑說：「我只是想幫一些忙，那麼我們以後再相見了！」說完就走了。

小山認為道姑是真的神仙，也相信那根靈芝草可以讓她的身體好起來，她謝謝多九公的關心，還是決定吃了它，吃了以後，她身上的病痛全部消除。小山吃了靈芝精神百倍，多九公吃了靈芝，卻常常覺得身體疲憊，他不禁感嘆自己果然沒有當神仙的緣份。

# 當鏡花緣的朋友

你去過這些地方嗎？舉止謙遜有禮的「君子國」，會因為小販所賣的東西物美價廉，而覺得自己占了便宜；每個人的腳下都有一片雲朵的「大人國」，雲的顏色反映了每個人的內心是善是惡；耳垂長到腰部的「聶耳國」，走路時還必須用雙手捧著；每個人沒有腸子的「無腸國」，一吃東西就得進廁所；除了眉毛與嘴巴以外，渾身上下都是黑色，就連牙齒也不例外的「黑齒國」；喜歡說反話的「小人國」；男人穿裙在家打掃、女人出外工作養家的「女兒國」。

你看過這些神奇的事物嗎？吃下去就可以站在空中、不會摔下來的「躡空草」；吃一餐可以飽一整年的「清腸稻」；可以延年益壽、得道成仙的「靈芝」；滿嘴長牙、渾身青色的「當康獸」；中暑時可以嗅聞的「人馬平安散」。

這些都是《鏡花緣》的內容，都是唐敖與唐小山精采的遊歷！

故事從充滿浪漫想像的神話傳說開始，百花仙子被貶下凡間，她的處罰就是到人間體會苦難。不得志的讀書人唐敖，決心放下科舉功名，跟著妹夫林之洋的商船到海外散心，形成了一連串有笑有淚的勇敢冒險。在驚險刺激的辛苦旅程中，不僅增長見聞，也遇見了許多人的故事，理解了在這些磨難中，最動人的就是人與人之間的可貴情誼。

當《鏡花緣》的朋友，與唐敖、唐小山結伴去旅行吧！別害怕，善良的林之洋會陪著你，見多識廣的多九公會為你講解異國風俗。要是遇到了青面獠牙、奇形異狀的野獸也別擔心，運用你的智慧與勇氣，一定會成功克服困難與障礙的。

想擁有一場屬於你自己的冒險嗎？現在就出發吧！

# 我是大導演

看完了鏡花緣的故事之後，
現在換你當導演。
請利用紅圈裡面的主題（歷險），
參考白圈裡的例子（例如：海外），
發揮你的聯想力，
在剩下的三個白圈中填入相關的詞語，
並利用這些詞語畫出一幅圖。

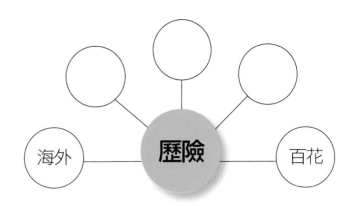

# 經典少年遊

youth.classicsnow.net

◎ 少年是人生開始的階段。因此，少年也是人生最適合閱讀經典的時候。這個時候讀經典，可為將來的人生旅程準備豐厚的資糧。因為，這個時候讀經典，可以用輕鬆的心情探索其中壯麗的天地。

◎ 【經典少年遊】，每一種書，都包括兩個部分：「繪本」和「讀本」。繪本在前，是感性的、圖像的，透過動人的故事，來描述這本經典最核心的精神。小學低年級的孩子，自己就可以閱讀。讀本在後，是理性的、文字的，透過對原典的分析與說明，讓讀者掌握這本經典最珍貴的知識。小學生可以自己閱讀，或者，也適合由家長陪讀，提供輔助說明。

◎ 【經典少年遊】，我們先出版一百種中國經典，共分八個主題系列：詩詞曲、思想與哲學、小說

## 001 世說新語　魏晉人物畫廊
A New Account of Tales of the World: Anecdotes in the Southern and Northern Dynasties

故事／林羽豔　原典解說／林羽豔　繪圖／吳亦之

東漢滅亡之後，魏晉南北朝便出現了。雖然局勢紛亂，但是卻形成了自由開放的風氣。《世說新語》記錄了那個時代裡，那些人物怎麼說話、如何行事。讓我們看到他們的氣度、膽識與才學，還有日常生活中的風雅與幽默。

## 002 搜神記　神怪故事集
In Search of the Supernatural: Records of Gods and Spirits

故事／劉美瑤　原典解說／劉美瑤　繪圖／顧珮仙

晉朝的干寶，搜集了許多有關神仙鬼怪與奇思異想的故事，成為流傳至今的《搜神記》。別小看這些篇幅短小的故事，它們有些是自古流傳的神話，有的是民間傳說，統稱為「志怪小說」，成為六朝文學的燦爛花朵。

## 003 唐人傳奇　浪漫的傳說故事
Tang Tales: Collections of Tang Stories

故事／康逸藍　原典解說／康逸藍　繪圖／林心雁

正直的書生柳毅相助小龍女，體驗海底龍宮的繁華，最後還一同過著逍遙自在的生活。唐人傳奇是唐朝的文言短篇小說，內容充滿奇幻浪漫與俠義豪邁。在這個世界裡，我們不僅經歷了華麗的冒險，還看到了如夢似幻的生活。

## 004 竇娥冤　感天動地的竇娥
The Injustice to Dou E: Snow in Midsummer

故事／王蕙瑄　原典解說／王蕙瑄　繪圖／榮馬

善良正直的竇娥，為了保護婆婆，招認自己從未犯過的罪。行刑前，她許下三個誓願：血濺白布、六月飛雪、三年大旱，期待上天還她清白。三年後，竇娥的父親回鄉判案，他能發現事情的真相嗎？竇娥的心聲，能不能被聽見？

## 005 水滸傳　梁山好漢
Water Margin: Men of the Marshes

故事／王宇清　故事／王宇清　繪圖／李遠聰

林沖原本是威風的禁軍教頭，他個性正直、武藝絕倫，還有個幸福美滿的家庭，無奈遇上了欺壓百姓的太尉高俅，不僅遭到陷害，還被流放到偏遠地區當守軍。林沖最後忍無可忍，上了梁山，成為梁山泊英雄的一員大將。

## 006 三國演義　風起雲湧的英雄年代
Romance of the Three Kingdoms: The Division and Unity of the World

故事／詹雯婷　原典解說／詹雯婷　繪圖／蔣智鋒

曹操要來攻打南方了！劉備與孫權該如何應戰，周瑜想出什麼妙計？大戰在即，還缺十萬支箭，孔明卻帶著二十艘船出航！羅貫中的《三國演義》，充滿精采的故事與神機妙算，記錄這段風起雲湧的英雄年代。

## 007 牡丹亭　杜麗娘還魂記
Peony Pavilion: Romance in the Garden

故事／黃秋芳　原典解說／黃秋芳　繪圖／林虹亨

官家大小姐杜麗娘，遊賞美麗的後花園之後，受寒染病，年紀輕輕就離開人世。沒想到，她居然又活過來！這到底是怎麼一回事？明朝劇作家湯顯祖寫《牡丹亭》，透過杜麗娘死而復生的故事，展現人們追求自由的浪漫與勇氣！

## 008 封神演義　神仙名人榜
Investiture of the Gods: Defeating the Tyrant

故事／王洛夫　原典解說／王洛夫　繪圖／林家棟

哪吒騎著風火輪、拿著混天綾，一不小心把蝦兵蟹將打得東倒西歪！個性衝動又血氣方剛的哪吒，要如何讓父親李靖理解他本性善良？又如何跟著輔佐周文王的姜子牙，一起經歷驚險的戰鬥，推翻昏庸的紂王，拯救百姓呢？

## 009 三言　古今通俗小說
Three Words: The Vernacular Short-stories Collections

故事／王蕙瑄　原典解說／王蕙瑄　繪圖／周庭萱

許宣是個老實的年輕人，在下著傾盆大雨的某一日遇見白娘子，好心借傘給她，兩人因此結為夫妻。然而，白娘子卻讓許宣捲入竊案，害得他不明不白的吃上官司。在美麗華貴的外表下，白娘子藏著什麼祕密？她是人還是妖？

## 010 聊齋誌異　有情的鬼狐世界
Strange Stories from a Chinese Studio: Tales of Foxes and Ghosts

故事／岑澎維　原典解說／岑澎維　繪圖／鍾昭弋

有個水鬼名叫王六郎，總是讓每天來打漁的漁翁滿載而歸。善良的王六郎不會永遠陪著漁翁捕魚？好心會有好報嗎？蒲松齡的《聊齋誌異》收錄各式各樣的鄉野奇談，讓讀者看見那些鬼狐精怪的喜怒哀樂，原來就像人類一樣。

與故事、人物傳記、歷史、探險與地理、生活與素養、科技。每一個主題系列，都按時間順序來選擇代表性的經典書種。

◎ 每一個主題系列，我們都邀請相關的專家學者擔任編輯顧問，提供從選題到內容的建議與指導。我們希望：孩子讀完一個系列，可以掌握這個主題的完整體系。讀完八個不同主題的系列，可以不但對中國文化有多面向的認識，更可以體會跨界閱讀的樂趣，享受知識跨界激盪的樂趣。

◎ 如果說，歷史累積下來的經典形成了壯麗的山河，【經典少年遊】就是希望我們每個人都趁著年少探索四面八方，拓展眼界，體會山河之美，建構自己的知識體系。少年需要遊經典。經典需要少年遊。

### 011 說岳全傳　盡忠報國的岳飛
The Complete Story of Yue Fei: The Patriotic General
故事／鄒敦怜　原典解說／鄒敦怜　繪圖／朱麗君

岳飛才出生沒多久，就遇上了大洪水，流落異鄉。他與母親相依為命，又拜周侗為師，學習武藝，成為一個文武雙全的人。岳飛善用兵法，與金兵開戰；他最終的志向是一路北伐，收復中原。這個心願是否能順利達成呢？

### 012 桃花扇　戰亂與離合
The Peach Blossom Fan: Love Story in Wartime
故事／趙予彤　原典解說／趙予彤　繪圖／吳泳

明朝末年國家紛亂，江南卻是一片歌舞昇平。李香君和侯方域在此相戀，桃花扇是他們的信物。他們憑一己之力擔心國家，卻因此遭到報復。清朝劇作家孔尚任，把這段感人的故事寫成《桃花扇》，記載愛情，也記載明朝歷史。

### 013 儒林外史　官場浮沉的書生
The Unofficial History of the Scholars: Life of the Intellectuals
故事／呂淑敏　原典解說／呂淑敏　繪圖／李遠聰

匡超人原本是個善良孝順的文人，受到老秀才馬二與縣老爺的賞識，成了秀才。只是，他變得愈來愈驕傲，也一步步犯錯。清朝作家吳敬梓的《儒林外史》，把官場上的形形色色全寫進書中，成為一部非常傑出的諷刺小說。

### 014 紅樓夢　大觀園的青春年華
The Story of the Stone: The Flourish and Decline of the Aristocracy
故事／唐香燕　原典解說／唐香燕　繪圖／麥震東

劉姥姥進了大觀園，看到賈府裡的太太、小姐與公子，瀟湘館、秋爽齋與蘅蕪苑的美景，還玩了行酒令、吃了精巧酥脆的點心。跟著劉姥姥進大觀園，體驗園內的新奇有趣，看見燦爛的青春年華，走進《紅樓夢》的文學世界！

### 015 閱微草堂筆記　大家來說鬼故事
Random Notes at the Cottage of Close Scrutiny: Short Stories About Supernatural Beings
故事／邱彗敏　故事／邱彗敏　繪圖／楊瀚橋

世界上真的有鬼嗎？遇到鬼的時候該怎麼辦？看看紀曉嵐的《閱微草堂筆記》吧！他會告訴你好多跟鬼狐有關的故事。長舌的女鬼、嚇人的笨鬼、扮鬼的壞人、助人的狐鬼。看完這些故事，你或許會覺得，鬼狐比人可愛多了呢！

### 016 鏡花緣　海外遊歷
Flowers in the Mirror: Overseas Adventures
故事／趙予彤　原典解說／趙予彤　繪圖／林虹亨

失意的文人唐敖，跟著經商的妹夫林之洋和博學的多九公一起出海航行，經過各種奇特的國家。來到女兒國，林之洋竟然被當成王妃給抓走了！翻開李汝珍的《鏡花緣》，看看他們的驚奇歷險，猜一猜，他們最後如何歷劫歸來？

### 017 七俠五義　包青天為民伸冤
The Seven Heroes and Five Gallants: The Impartial Judge
故事／王洛夫　原典解說／王洛夫　繪圖／王韶薇

包公清廉公正，但宰相龐太師卻把他看作眼中釘，想作法陷害。包公能化險為夷嗎？豪俠展昭是如何發現龐太師的陰謀？說書人石玉崑和學者俞樾，把包公與江湖豪傑的故事寫成《七俠五義》，精彩的俠義故事，讓人佩服！

### 018 西遊記　西天取經
Journey to the West: The Adventure of Monkey
故事／洪國隆　原典解說／洪國隆　繪圖／BO2

慈悲善良的唐三藏，帶著聰明好動的悟空、好吃懶做的豬八戒、刻苦耐勞的沙悟淨，四人一同到西天取經。在路上，他們會遇到什麼驚險意外？踏上《西遊記》的取經之旅，和他們一起打敗妖怪，潛入芭蕉洞，恣意冒險！

### 019 老殘遊記　帝國的最後一瞥
The Travels of Lao Can: The Panorama of the Fading Empire
故事／夏婉雲　原典解說／夏婉雲　繪圖／蘇奔

老殘是個江湖醫生，搖著串鈴，在各縣市的大街上走動，幫人治病。他一邊走，一邊欣賞各地的風景民情。清朝末年，劉鶚寫《老殘遊記》，透過主角老殘的所見所聞，遊歷這個逐漸破敗的帝國，呈現了一幅抒情的中國山水畫。

### 020 故事新編　換個方式說故事
Old Stories Retold: Retelling of Myths and Legends
故事／洪國隆　原典解說／洪國隆　繪圖／施怡如

嫦娥與后羿結婚後，有幸福美滿嗎？所有能吃的動物都被后羿獵殺精光，只剩下烏鴉和麻雀可以吃！嫦娥變得愈來愈瘦，勇猛的后羿能解決困境嗎？魯迅重新編寫中國的古代神話，翻新古老傳說的面貌，成為《故事新編》。

經典
少年遊

youth.classicsnow.net

016
**鏡花緣　海外遊歷**
Flowers in the Mirror
Overseas Adventures

編輯顧問（姓名筆劃序）

王安憶　王汎森　江曉原　李歐梵　郝譽翔　陳平原
張隆溪　張臨生　葉嘉瑩　葛兆光　葛劍雄　鄭培凱

故事：趙予彤
原典解說：趙予彤
繪圖：林虹亨
人時事地：謝琬婷

編輯：鄧芳喬　張瑜珊　張瓊文
美術設計：張士勇
美術編輯：顏一立
校對：陳佩伶

企畫：網路與書股份有限公司
出版者：大塊文化出版股份有限公司
台北市10550南京東路四段25號11樓
www.locuspublishing.com
讀者服務專線：0800-006689
TEL：+886-2-87123898
FAX：+886-2-87123897
郵撥帳號：18955675
戶名：大塊文化出版股份有限公司
法律顧問：全理法律事務所董安丹律師

總經銷：大和書報圖書股份有限公司
地址：新北市新莊區五工五路2號
TEL：+886-2-8990-2588
FAX：+886-2-2290-1658
製版：沈氏藝術印刷股份有限公司

初版一刷：2014年6月
定價：新台幣299元